W0267320

**FLORIA** 9 Jahre

Stürmer; Teamplayer, schüchtern, ist nicht ganz von seinem Talent überzeugt, versucht immer für gute Stimmung und Zusammenhalt zu sorgen ...

**LEONIE „LEO“** 10 Jahre

Mittelfeldmotor; blond, hübsch; trägt im Training immer ein Kapperl, weshalb sie oft für einen Jungen gehalten wird ...

**UNIOR** 8 Jahre

echtsaußen; Vater ist
hemaliger türkischer
ußballprofi, die Mutter
ine Italienerin; dass er
ieber Tänzer sein möchte,
eiß keiner ...

**FABIAN** 9 Jahre

Mittelfeld, klein und wendig, ist immer gerade dort, wo man ihn braucht. Nur beim Fototermin war er nicht dabei ...

Karin Ammerer • Mario Haas

# Ankick für die Wuchteltreter

Illustrationen
Eric Schopf

Bildnachweis: S. 74 Unknown S. 75 links unten – DHM Berlin, rechts unten – Kemberley Groue S. 76 oben Quelle om4ever.com, unten – Aston Villa Archives S. 77 Mitte Leoguz, unten austria-archiv S. 80 Darjac S. 81 und 83 – Der Plankenauer S. 85 – Igor1045 S. 90 links oben – Matija Podhraški, Mitte Historia del futbol robertomas, links unten – Fcgb260 S. 86 Haas S. 88 oben Christopher Kelemen S. 91 rechts oben – ger1axg, rechts Mitte – PD

**www.ggverlag.at**

ISBN 978-3-7074-1686-2

In der aktuell gültigen Rechtschreibung

1. Auflage 2014
Umschlagillustration, Layout und Gestaltung des Magazinteils: Eric Schopf
Gesamtherstellung: Imprint, Ljubljana

Alle Rechte vorbehalten. Jede Art der Vervielfältigung, auch die des auszugsweisen Nachdrucks, der fotomechanischen Wiedergabe sowie der Einspeicherung und Verarbeitung in elektronische Systeme, gesetzlich verboten. Aus Umweltschutzgründen wurde dieses Buch auf chlorfrei gebleichtem Papier gedruckt.

# Inhalt

## Bastis Traum vom Goldenen Schuh

„Unpackbar! Grenzgenial! Das kann ja alles nicht wahr sein!“, jubelt Fabian. „Ich glaub, ich träume. Los, Basti, zwick mich!“

Das lässt sich der Stürmer der Wuchteltreter nicht zweimal sagen.

„Au! Spinnst du? Nicht so fest!“, quietscht Fabian.

Basti zuckt die Schultern und grinst: „Wie man es macht, ist es falsch!“ Dann greift er nach Fabians Arm und zwickt noch einmal. Nur diesmal nicht ganz so fest.

„Du kannst jetzt aufhören!“, knurrt Fabian genervt. „Ich hab’s kapiert!“

„Na endlich“, kichert Leonie, kurz Leo genannt.

Auch Mario muss lachen. Der Trainer der Wuchteltreter versteht nur zu gut, dass die wuchtelstarke Neuigkeit bei seinen Kickern noch gar nicht richtig angekommen ist. Aber es stimmt tatsächlich, der FC Wuchteltreter wird Österreich bei der Fußball-Mini-Weltmeisterschaft vertreten.

„Das ist unsere ganz große Chance!“, meint Krümel,

der eigentlich Lukas heißt und bei den Wuchteltretern im Tor steht.
Basti nickt. „Weltmeister! Das wäre schon was!“, meint er und blickt verträumt auf die Vitrine, in der die Pokale der Nachwuchsmannschaft ausgestellt sind. Ein Weltmeistertitel fehlt noch in Bastis Sammlung. Und dass die Wuchteltreter es ohne ihn nie und nimmer so weit geschafft hätten, ist dem selbst ernannten Stürmerstar klar wie eine frisch geputzte Fensterscheibe. Und dank seines unfehlbaren Torriechers könnte Trainer Mario eigentlich schon einen Platz in dem Glaskasten reservieren. Für den WM-Pokal, versteht sich. „Und Torschützenkönig würde ich auch gern werden“, ergänzt Basti noch.
Erstaunt schütteln Marcel und Michael ihre Köpfe. Die Zwillinge bilden den Abwehrriegel der Wuchteltreter und können kaum glauben, was sie da hören.
„Torschützenkönig?“, fragt Junior, der Jüngste in Marios Team, zweifelnd.
„Da lernen vorher Schweine fliegen“, lacht Florian, der mit Basti gemeinsam stürmt.
„Oder du triffst das Tor“, gibt Basti beleidigt zurück.

Er hat keine Ahnung, warum sich die anderen so anstellen. Basti und Torschützenkönig, das gehört einfach zusammen. So wie Pech und Schwefel. So wie Adam und Eva, wie Max und Moritz, Dick und Doof, Justin Bieber und Selena Gomez. „Ich werde es euch schon beweisen“, brummt Basti und verschränkt die Arme vor seiner Brust. „Ich schieße uns zum Titel und

den Goldenen Schuh für den Torschützenkönig hole ich mir sowieso!“

„Reg dich nicht künstlich auf!“, versucht Krümel seinen Mannschaftskollegen zu beruhigen.

„Wir haben’s ja nicht bös gemeint“, bestätigt Fabian. „Das ist auch nix gegen dich. Es ist nur, weil … also weil …“

„Weil was?“, zischt Basti und funkelt die anderen wütend an. „Wollt ihr etwa sagen, dass ich, Sebastian „Basti“ Winkler, der beste Stürmer der ganzen Liga, der Superstar der Wuchteltreter, der Spitzenbomber, nicht Torschützenkönig bei der Weltmeisterschaft werden kann?“

„Oja, schon …“, stammelt Fabian. „Du bist eh echt gut.“

„Sogar der Beste!“, übertrumpft ihn Krümel.

„Und für mich bist du sowieso und überhaupt der Besteste!“, flötet Leo und strahlt Basti an.

„Es ist halt nur …“, bremst Florian die Begeisterung. „Bei der WM, da sind doch die allerbesten Kicker der ganzen Welt!“

„Cristonel Messianaldo“, schwärmt Junior.

„Xavi Iniestamovic“, meint Fabian.

„Mesut Özsteiger“, zählt Michael auf.

„Roon Wayne“, ergänzt Marcel.

Die Liste wird lang und immer länger.

„Alles Weltklassestürmer“, bestätigt auch Mario. Der Trainer der Wuchteltreter hat früher selbst sehr erfolgreich Fußball gespielt und war einer der besten Stürmer Österreichs.

Basti jedoch bleibt völlig unbeeindruckt. „Genau! Und ich gehöre dazu“, erklärt er. „Die anderen kicken auch nur mit Fußballschuhen. Das sind alles keine Wunderwuzzis. So gut wie die bin ich schon lange!“

„Aber Messianaldo ist zum Nachwuchskicker des Jahres gewählt worden“, wirft Florian ein.

„Ja, der spielt die besten Verteidiger schwindlig“, sagt Marcel und sein Zwillingsbruder Michael nickt zustimmend.

„Pf!!! Euch vielleicht!“, schnaubt Basti genervt.

„He, zum Streiten haben wir keine Zeit“, pfeift Mario seinen Stürmer zurück. „Dass wir gegen die besten Kicker der Welt spielen werden, muss euch klar sein. Nur die Besten der Besten fahren zu einer Weltmeisterschaft!“

„Logo! Ich wollte damit ja auch nur sagen, dass wir genauso zu den Besten gehören“, meint Basti. „Und mit mir im Sturm haben wir den Titel so gut wie in der Tasche.“

Mario schüttelt den Kopf. „Du solltest nicht groß reden, sondern groß aufspielen!“, lacht er. Dann versammelt er seine Nachwuchskicker um sich. „Österreich bei der

Weltmeisterschaft zu vertreten, ist eine Ehre“, macht er den Wuchteltretern klar, wie wichtig das Turnier ist. „Wir spielen gegen Spanien, Italien oder auch Brasilien!“

Ehrfürchtig nicken die Fußballer. Das sind wirklich die besten Mannschaften der Welt. Aber ein Wuchteltreter kennt keine Angst! Zumindest da sind sich Marios Kicker einig.

Schon bilden sie einen Kreis und halten die Hände in die Mitte.

„Eins, zwei, drei, vier!“, ruft Tormann Krümel.

„Die Wuchteltreter, das sind wir!“, schallt es von den anderen zurück.

„Wer wird Weltmeister?“

„Der FC Wuchteltreter!“

„Noch einmal! Wie heißt er?“

„Der FC Wuchteltreter!“

„Woaaaaaahhhhhhh! Wuchteltreter!“

„Also, Mario, womit fangen wir an?“, will Fabian von seinem Trainer wissen. Am liebsten würde der pfeilschnelle Mittelfeldspieler sofort mit dem Training beginnen. Freistöße, Elfmeter, Kopfbälle und natürlich

das Dribbling, um jede Weltklasseverteidigung aussteigen zu lassen.
„Wir haben noch drei Wochen“, rechnet Mario nach. „Ich stelle einen Trainingsplan zusammen und morgen geht es los.“
„Hurra!“, jubeln die Wuchteltreter.
Leo schnappt sich ein Stück Kreide und schreibt groß an die Tafel: Unser Weg zum Weltmeister! Sogar ein Herzerl malt der blonde Mittelfeldmotor daneben.
„Kitsch lass nach“, stöhnt Basti. „He, wir sind Fußballer und keine Gäste bei der Barbie-Teeparty.“
Diese Meldung bringt dem Stürmer einen extrabösen Blick von Leo ein. „Ich wusste gar nicht, dass du dich mit Barbies und Teepartys so gut auskennst“, zischt sie und zupft genervt an ihren Haaren.
Michael und Marcel grinsen von einem Ohr zum anderen.
„Ich kenn mich mit Mädchenkram überhaupt nicht aus“, widerspricht Basti energisch. Nicht, dass die anderen denken, Leo hat tatsächlich recht.
Seufzend löscht sie das Herz und malt stattdessen einen Fußball auf die Tafel. „Zufrieden?“, fragt sie.

Basti nickt. „Logo! Mädchenkram nervt echt. 24 mal sieben!“

„168!“, platzt es aus Krümel heraus, dass seine Mathe-Nachhilfelehrerin ihre Freude gehabt hätte.

„24 Stunden täglich, sieben Tage die Woche nervt Mädchenkram“, knurrt Sebastian.

Leo tut so, als hätte sie nichts gehört. TRAINING schreibt sie an die Tafel.

„Los, Leute, denkt nach!“, fordert Mario seine Wuchteltreter auf. „Was brauchen wir noch, um bei der WM erfolgreich zu sein?“

„Teamgeist“, schlägt Florian vor und wundert sich, dass Basti ausnahmsweise nicht die Augen überdreht. Die Liste der Nachwuchskicker wird immer länger. Ausdauer steht da. Fitness, Zusammenhalt, cool bleiben, eine gute Taktik, Mut.

„Mich!“, grinst Basti und Leo schreibt: „JEDER muss sein Bestes geben!“

Trainer Mario ist zufrieden. „Was fehlt noch?“, fragt Mario in die Runde.

„Spaß!“, ruft Junior.

„Genau“, lacht Mario. „Und was noch?“

Die Wuchteltreter schauen einander fragend an. Fabian zuckt ratlos die Schultern.

„Na, Glück“, löst Mario die Frage auf. „Ein bisschen Glück gehört auch im Fußball dazu.“

„Glück?“, wiederholen die Kicker.

„Super! Glück kann man nicht kaufen und nicht bestellen“, sagt Michael.

„Und trainieren auch nicht“, ergänzt Florian.

„Das nicht! Aber ich glaube, ich habe da schon eine Idee“, meint Leo und zwinkert den anderen siegessicher zu.

## Die Oma und das liebe Glück

„Also …“, beginnt Leo geheimnisvoll. „Es gibt ein todsicheres Mittel, meine Oma schwört darauf! Hilft hundert pro, garantiert und fest versprochen!“

„Jetzt mach es nicht so spannend!“, ist Junior ganz aufgeregt.

Leo genießt die neugierigen Blicke ihrer Teamkameraden.

„Sag endlich!“, drängt nun auch Basti.

Leo deutet den anderen, dass sie näher kommen sollen. Ganz dicht holt sie die Wuchteltreter zusammen. Nicht, dass die grenzgeniale Information in die falschen Ohren gelangt.

„Also …“, wiederholt Leo noch einmal. „Meine Oma hat letztens erst im Lotto gewonnen.“

„Echt?“, staunen die Nachwuchskicker.

„Ja, echt“, bestätigt Leo. „1,10 Euro beim Joker! Und kurz darauf hat sie ihre Brille wieder gefunden. Die hat sie schon ewig und drei Tage gesucht. Mindestens! Überall, wirklich überall hat sie nachgeschaut und auf einmal war sie wieder da.“

„Wo?“, fragt Fabian.
„Auf ihrem Kopf“, erklärt Leo wichtig. „So ein Glück aber auch!“
„Ja, echt! Stell dir vor, sie hätte nicht die Brille verlegt, sondern ihr Gebiss“, lacht Basti.
Leo wirft dem Stürmer einen vernichtenden Blick zu. „Das ist aber noch lang nicht alles“, meint sie ein wenig beleidigt. „Gestern hat die Oma der alten Kratochwil von nebenan drei Bummerl hintereinander angehängt.“
„Was bitte?“, fragt Junior verwirrt nach. Der Jüngste in Marios Team ist halb Türke und halb Italiener und lebt seit seiner Geburt in Österreich. Von einem Bummerl hat er aber noch nie gehört. Doch da ist er anscheinend nicht der Einzige.
„Was hat sie ihr angehängt?“, wundert sich auch Florian.
„Na, gewonnen hat sie halt“, ist Leo mittlerweile leicht genervt. Es kann ja nicht sein, dass ihre Freunde einfach nicht erkennen, wie viel Glück die Oma in der letzten Zeit hat. Dann hat ihr der Opa letzte Woche einfach so einen Blumenstrauß geschenkt. Und die Wolle, mit der die Oma Socken strickt, hat sich diesmal überhaupt

nicht verwickelt. Dabei passiert das sonst immer und die Oma muss sich jedes Mal ganz furchtbar ärgern. Die Katze kommt neuerdings schon nach 10 Minuten rufen und nicht erst nach 15. Wellensittich Hansi hat sein erstes Wort gesprochen. Die Oma behauptet steif und fest, dass er „Wuchteltreter" gesagt hat. Für Leo hat es mehr nach „Wukrächztrekrächz" geklungen, aber die Oma ist trotzdem unglaublich stolz auf den Hansi. Außerdem kommen die Socken plötzlich immer paarweise aus der Waschmaschine zurück. Und das, obwohl die Oma-Waschmaschine früher eine echte Socken-fress-oder-spurlos-verschwind-lass-Maschine war. Ja, und dann ist da noch die Sache mit Opa. Der hört nämlich wieder richtig gut. Okay, das könnte an seinem neuen Hörgerät liegen, aber für Leo ist es einfach Glück. Das alles und noch einiges mehr zählt die Mittelfeldspielerin ihren staunenden Mannschaftskollegen auf.

„Und wie erklärst du dir die Glückssträhne deiner Oma?", bringt Mario es endlich auf den Punkt.

„Die Oma hat einen Glücksbringer", berichtet Leo stolz und blickt erwartungsvoll in die Runde.

Doch statt der erhofften Jubelstürme schauen sie die Wuchteltreterin nur verdattert an.
„Einen Glücksbringer?“, wiederholen die Zwillinge Marcel und Michael.
Leo nickt. Den Glücksbringer hat die Oma von ihr zu Silvester bekommen und siehe da, er funktioniert.
„Also, sollen wir uns einen Rauchfangkehrer ins Tor stellen?“, lacht Basti.
„Oder ein Schweinchen stürmen lassen?“, erwidert Krümel.

„Nur auf vierblättrigen Kleeblättern spielen?“, setzt Junior noch eins drauf.
„Vielleicht Hufeisen an die Kickpackl nageln?“, grinst Michael.
Beleidigt verschränkt Leo die Arme vor der Brust. „Ihr habt überhaupt keine Ahnung!“, zischt sie.
„Das mit dem Glücksbringer ist gar keine schlechte Idee“, überlegt Trainer Mario.
Fabian kann das nur bestätigen. Ohne seine Glücksschuhe geht er bestimmt nie wieder in ein wichtiges Spiel.
„Wir könnten uns ja ein Maskottchen zulegen“, schlägt Florian vor. Wie immer hatte er sich im Hintergrund gehalten und lieber beobachtet.
„Coole Idee“, stimmen ihm die anderen zu.
Auch Mario ist begeistert. Es gibt viele Mannschaften, die ein Maskottchen haben. Der Trainer holt sein Handy aus der Hosentasche und googelt nach.
„Adler, Storch, Ziege, Biene, Wildschwein“, liest Mario vor. Ein Elefant steht auch auf der Liste, ein Panda-Bär, Teddybären und Dinosaurier. Sogar ein Kartoffelkäfer ist dabei.

„Bei der Europameisterschaft 2008 in Österreich und der Schweiz gab es natürlich auch ein Maskottchen“, berichtet Mario. „Trix und Flix – Zwillinge, die Fußball spielen.“

Michael und Marcel brechen in schallendes Gelächter aus. „Das ist gut! Wenn ihr wollt, sind wir unser neues Maskottchen“, bieten die Zwillingsbrüder an.

Doch die Wuchteltreter haben eine andere Idee. Ein Tier soll es sein. Eines, das zu der Mannschaft passt – stark, schnell, schlau, unbesiegbar!

Fabian ist für einen Büffel.

Junior schlägt einen Drachen vor, Michael stimmt für einen Bären, Marcel für einen Hirschen und Basti wählt den Löwen.

„Der König der Tiere für den König der Kicker!“, meint er.

„Wofür bist du Leo?“, fragt Mario.

„Ich weiß nicht“, überlegt sie. „Ich hätte gern irgendein ungewöhnliches Tier. Eines, das nicht jeder kennt, einen Goldkopflanguren zum Beispiel oder ein Zwergfaultier oder vielleicht einen Schneeaffen!“

„Ich hätte eine Idee! Also … ähm … vielleicht“, sagt

Florian. „Meine Mama hat da etwas … ach, schaut es euch einfach an!“ Florian bückt sich und kramt in seiner Sporttasche. Schnell wird er fündig.

„Nach der Mini-Meisterschaft … also damals … wir haben doch gewonnen …“, beginnt er. „Da hat mir meine Mama das hier geschenkt!“ Florian zieht ein gestreiftes Stofftier aus seiner Sporttasche und präsentiert es den Wuchteltretern.

„Unpackbar!“

„Grenzgenial!“

„Absolut bombastisch!“

„Einfach wuchtelstark!“

Marios Nachwuchskicker sind begeistert.

„Das hat deine Mama echt selbst gemacht?“, kann Fabian es kaum glauben.

„Logo!“, bestätigt sein Stürmerkollege. „Sie hat den Tiger genäht und dann da an der Seite unser Wappen in Schwarz-Weiß mit den drei goldenen Bällen draufgestickt.“

„Der ist voll süß“, ruft Leo und verbessert sich schnell, als sie Bastis genervten Typisch-Mädchen-Blick bemerkt. „Also ich meine … voll cool ist der!“

In einem sind sich die Wuchteltreter jedenfalls einig: Mit dem neuen Maskottchen ist das Glück ganz bestimmt auf ihrer Seite und die Weltmeisterschaft kann ruhig kommen!

*„Wir holen uns den Pokal auf jeden Fall!*
*Alle gemeinsam und alle nach vor,*
*der Ball landet garantiert im Tor!*
*He, Leute, nehmt euch schön in Acht*
*die Wuchteltreter kommen und es kracht!*
*Wir haben 'nen Tiger und ganz viel Glück,*
*deshalb stürmt*
*nicht nach vor,*
*sondern zieht euch*
*lieber zurück!“,*

rappt Junior und legt eine coole Hip-Hop-Tanzeinlage auf das Parkett – oder besser gesagt auf den Boden der Umkleidekabine.
Die anderen Wuchteltreter klatschen begeistert Beifall. Jetzt kann nichts, einfach nichts mehr schiefgehen.
„Trainieren sollten wir aber trotzdem noch“, meint der Trainer. „Ein Glücksbringer allein ist zu wenig, um eine WM zu gewinnen.“
„Eh klar!“, erwidert Krümel, obwohl er einen Augenblick gehofft hatte, dass der Tiger ausreicht und Mario auf einige Trainingseinheiten verzichtet. Doch da hat er sich ordentlich verschätzt, denn die Wuchteltreter erwartet eine beinharte Vorbereitung.
„Na, dann lasst uns beginnen“, feuert Fabian seine Mannschaftskollegen an. „Unpackbar! Wir fahren zur WM!“

## Training schwänzen gilt nicht

Mit Feuereifer sind die Wuchteltreter bei der Sache und geben in jedem Training Vollgas. Das Maskottchen ist immer mit dabei und bekommt einen Ehrenplatz auf der Ersatzbank.

„Also, seit wir den Tiger haben, läuft es bei mir richtig gut“, überlegt Junior.

„Ja, ich merk auch schon was. Ich mein, ich war vorher schon super, aber jetzt bin ich noch besser“, stimmt ihm Basti zu.

„Mir kommt auch vor, dass meine Schüsse viel schärfer sind. Und die Abwehr steht so felsenfest, als hätten Marcel und Michi eine unsichtbare Mauer aufgebaut“, erklärt Fabian und die Zwillinge grinsen breit. Auch ihnen ist schon aufgefallen, dass kein Gegner mehr an ihnen vorbeikommt.

„Und habt ihr meinen Freistoß letztens gesehen?“, fragt Leo in die Runde. „Das war die volle Granate!“

„Das könnte aber auch daran liegen, dass wir jetzt mehr trainieren“, meint Mario.

Leo schüttelt den Kopf. „Könnte!“, sagt sie und hebt

den rechten Zeigefinger wie ein Lehrer, der gerade einen Vortrag hält. „Aber es könnte auch an unserem Tiger liegen. Und mal ehrlich: Trainiert haben wir doch schon immer. So gut waren wir noch nie. Tatsache!“
Die anderen Wuchteltreter scheinen das genauso zu sehen.

Aber da ein bisschen Training nicht schaden kann, ziehen sich die Nachwuchskicker doch noch um und versammeln sich im Mittelkreis. Florian platziert den Tiger auf der Ersatzbank.

Dann meldet er sich freiwillig für die Hösche, das Spiel, mit dem Mario seine Wuchteltreter gern aufwärmen lässt.

Basti, Fabian und die restlichen Kinder bilden einen Kreis, Flo stellt sich in die Mitte. Michi kickt den Ball an und schießt ihn direkt zu Junior. Der stellt lässig den Fuß auf die Kugel und wartet, bis Flo näher kommt.

„Hol ihn dir doch!“, lacht er. Flo fixiert den Ball, macht sich breit und stürmt auf Junior zu. Der zieht den Fuß blitzschnell zurück, rollt den Ball nach hinten und gibt ihm einen Schubs Richtung Marcel.

„Ausgetrickst“, freut sich Junior, während Flo sich gleich wieder auf die Jagd nach dem Ball macht. Marcel stoppt das runde Leder und kickt es gleich weiter zu seinem Teamkollegen Basti. Flo macht einen riesigen Ausfallschritt und grätscht geschickt dazwischen. Mit den Zehenspitzen berührt er den Ball.

„Guter Einsatz“, lobt ihn Mario.

Marcel und Flo wechseln die Plätze. Nun muss der Verteidiger den anderen den Ball abjagen. Basti schießt das Leder zu Leo, die lässt es nur kurz abprallen und Marcel läuft ins Leere. Fabian stoppt die Kugel, wartet bis Marcel näher kommt, holt mit dem rechten Fuß weit aus und gibt dem Ball dann nur eine leichte Drehung in Richtung Michael. Der übernimmt volley, schießt scharf zu Junior. Hauchdünn geht der Ball an seinem Zwillingsbruder vorbei. Marcel hechtet hinterher, doch Junior übernimmt mit dem Außenrist und irgendwie landet der Ball vor Leo, die hektisch versucht, ihn rasch wegzukicken. Dabei trifft sie die Wuchtel nicht voll, Marcel erkennt seine Chance und stürmt auf Leo zu.

„Geh drauf, Leo!“, ruft Basti ihr noch zu.

Zu spät! Marcel hat den Ball und streckt die Arme jubelnd in die Höhe.

„Spar es dir!“, zischt Leo in Richtung Basti, bevor der Stürmer einen seiner klugen Sprüche anbringen kann und geht genervt in die Mitte. Nur widerwillig läuft sie dem Ball hinterher, den die Buben gezielt hin und her schießen.

„Vielleicht solltest du lieber daheim deine Barbies frisieren", lacht Basti, als das runde Leder wieder knapp an der Mittelfeldspielerin vorbeigeht. Flo schießt den Ball direkt zu Basti. Der ist so überrascht von dem scharfen Schuss, dass er ihn nur abprallen lässt. Jetzt liegt die Kugel genau zwischen Leo und Basti. Diesmal zögert die Wuchteltreterin keine Sekunde. Sie sprintet los. Basti reagiert blitzschnell und startet ebenfalls. Leo ist ihm einen Schritt voraus. Da hilft nur eines: Basti macht sich richtig lang und grätscht nach dem Ball. Mit dem rechten Fuß kommt er beinahe an ihn heran. Doch Basti landet nur im Spagat auf der Wiese. Leo bringt den Ball unter Kontrolle und grinst Basti an.
„Und du solltest vielleicht Ballettunterricht nehmen!"
Schnaubend steht Basti auf und nimmt Leo den Ball ab. „Ich glaube, wir sind jetzt aufgewärmt, Mario", meint er.
„Gut, dann möchte ich mit euch noch Angriffe üben", stimmt ihm der Trainer zu.
Krümel geht ins Tor, die anderen Wuchteltreter stellen sich beim Sechzehner in einer Reihe auf. Nur Basti und Leo bleiben ein bisschen zurück.

„Ich gebe euch eine Vorlage herein und ihr netzt ein“, erklärt Mario.
„Nicht, wenn ich es verhindern kann“, widerspricht Krümel und hüpft auf der Torlinie auf und ab.
Der Trainer gibt Fabian ein Zeichen. Der läuft los, übernimmt den Steilpass und verwertet.
„Wie aus dem Lehrbuch“, lobt ihn Mario.
Während die Wuchteltreter ihrem Goalie die Bälle um die Ohren schießen, hält Basti Leo auf.
„Du … äh … es tut mir leid!“, sagt er. „Weißt du, ich finde dich … eigentlich … also kurz gesagt … irgendwie finde ich … also für ein Mädchen, meine ich … und vielleicht mache ich deshalb die ganzen dummen Sprüche … weil ich …also weil ich …“
Erwartungsvoll blickt Leo ihn an. Basti beißt verlegen auf seine Unterlippe. Himmel!!! Warum müssen Mädchen immer alles so kompliziert machen?
„Leo, Basti, ihr seid dran“, ruft Mario über den Platz.
„Genau“, nickt Junior. „Los! Wir wollen doch zur WM. Training schwänzen gilt nicht!“

## Kein perfekter Auftakt

Nach drei Wochen intensiver Vorbereitung sind die Wuchteltreter heiß auf ihr erstes WM-Spiel. Marios Kicker haben neue Trikots bekommen. Die drei goldenen Bälle auf dem schwarz-weißen Leiberl glänzen richtig.

„Gold passt gut zu uns“, meint Florian zufrieden. Das finden die anderen auch.

„Obwohl uns Pink auch gut stehen würde“, überlegt Leo. Basti wirft ihr einen entsetzten Blick zu.
„Scherz!“, beruhigt sie ihren Mannschaftskollegen. „Ich weiß schon. Gold wie der WM-Pokal“, grinst Leo. „Und deshalb habe ich eine Überraschung für euch.“ Die Mittelfeldspielerin zieht ein Bündel aus ihrer Sporttasche.
„Was ist das?“, fragt Fabian neugierig.
„Goldene Schuhbänder“, antwortet Leo. „Für echte Champions!“
Modisch sind die Wuchteltreter also bestens ausgestattet. Und nicht nur das! Marios Team hat jetzt auch einen Fanklub. Einen echten sogar! Mit Plakaten, Fahnen, Tröten und allem, was dazugehört.
„Unser Wuchteltiger ist auch einsatzbereit“, berichtet Flo stolz.
Dann kann ja nichts mehr schiefgehen.
Die Mannschaft spielt in einer Gruppe mit der Schweiz, den USA und Australien.
„Das ist schaffbar!“, analysiert Mario die Gegner und stellt seine Kicker optimal ein.
Im ersten Match geht es gegen die Schweiz. Das Team

hat in den Testspielen gute Leistungen gezeigt. Die ganz großen Stars wie in Portugal, Argentinien oder Spanien fehlen zwar, aber die Schweizer haben viel Kondition und kämpfen bis zum Umfallen.
„Macht die Räume eng und spielt hoch in den Strafraum“, rät der Trainer seinen Kickern. „Das ist ihre Schwachstelle.“
Die Wuchteltreter nicken. Leo atmet ganz tief durch. Bis in die Kabinen hört man schon das Jubeln der Fans. Wie vor jedem Match bilden die Spieler mit Mario einen Kreis. Ihre Hände legen sie in der Mitte aufeinander.
„Eins, zwei, drei, vier!“, brüllt Krümel in die Runde.
„Die Wuchteltreter, das sind wir!“, kommt es von den anderen zurück.
„Wer wird Weltmeister?“
„Der FC Wuchteltreter!“
„Noch einmal! Wie heißt er?“
„Der FC Wuchteltreter!“
„Woaaaaaahhhhhhh! Wuchteltreter!“

„Es geht los!“, erklärt der Trainer nach einem kurzen Blick auf seine Armbanduhr und öffnet die

Tür. In den Katakomben unter dem Stadion ist es mucksmäuschenstill. Angespannt macht sich die Mannschaft auf den Weg zum Spielfeld. Niemand sagt ein Wort. Nur wenn die Stoppel der Fußballschuhe den Boden berühren, hallt es durch die Gänge.

Dann ist es so weit. Unter dem Applaus der Zuschauer betreten die Nachwuchskicker das Spielfeld. Flo setzt sich neben das Maskottchen auf die Ersatzbank. Leo hätte sich jetzt am liebsten an dem Tiger festgeklammert, so nervös ist sie.

Es ist ein unglaubliches Gefühl, vor tausenden Fans aufzulaufen.
„Habt ihr schon einmal so viele Menschen gesehen?“, flüstert Michael den anderen erstaunt zu.
Nein, das haben sie nicht.
„Bloß nicht einschüchtern lassen“, warnt Fabian. „Cool bleiben!“
Das ist leichter gesagt als getan. Denn als die Hymnen der beiden Länder erklingen, schlottern den Wuchteltretern ordentlich die Knie. Fabian legt die Hand auf sein Herz, so wie er es im Fernsehen bei den Profis gesehen hat. Ganz tief atmet er ein. Er will jeden Moment aufsaugen und einfach nur genießen.
Lautstark singen die Fans auf der Tribüne die österreichische Hymne mit. Vor lauter Aufregung vergisst Marcel glatt den Text und klappt nur noch den Mund auf und zu wie ein Goldfisch im Wasserglas. Sein Zwillingsbruder Michael bringt keinen Ton heraus und Basti ist viel zu sehr damit beschäftigt die Fans zu beobachten und sich vorzustellen, wie er nach dem Spiel Millionen von Autogrammen für sie schreibt.

Leo verschluckt sich fast vor Rührung, als sie von den großen Söhnen und Töchtern singt, denn heute gehört auch sie zu den ganz Großen.

Krümel versucht mitzusingen und sich gleichzeitig Mut zuzusprechen: „Land der … du schaffst das! … Berge, Land am … Gib alles, Krümel! … Strome. Land der … Zeig es ihnen!“

Und Junior hat sich den Text auf die Handfläche geschrieben. „Selber schuld, wenn die so lahme Musik haben“, hat der Hip-Hop-Fan den anderen in der Kabine erklärt.

Jetzt ist es endlich so weit. Shakehands mit den Schweizern, Seitenwahl und Ankick für die Wuchteltreter. Die Nervosität ist auf beiden Seiten deutlich zu spüren. Beide Teams spielen abwartend, trauen sich kaum aus der eigenen Hälfte. Mario feuert seine Mannschaft von der Seitenlinie aus an. Die Fans bejubeln jede gute Aktion. Trotzdem wird meistens vorsichtig hin und her gespielt.

„Bloß kein Tor kassieren“, scheint die Devise zu sein.

Die Fehlpässe häufen sich. Da, wieder ein Konzentrationsfehler! Zu schwach geschossen, verstolpert, ausgerutscht. Ein Fehler jagt den nächsten. Ein Weitschuss von Basti, der nur knapp am Tor vorbeisegelt, rüttelt die Schweizer wach. Plötzlich sind sie wie ausgewechselt und stürmen nach vorne, was das Zeug hält. Marcel und Michael haben alle Hände – oder besser gesagt alle Beine – voll zu tun. Auch Krümel kommt ordentlich ins Schwitzen und steht unter Dauerbeschuss. Mit einem glücklichen 0:0 gehen die Wuchteltreter in die Pause.

„Konzentriert euch“, sagt Mario. „Ihr seid zum Fußballspielen hier. Ich weiß schon, das ist alles neu für euch. Aber es gibt keinen Grund, in Ehrfurcht zu erstarren.“

Das ist leichter gesagt, als getan. Zumindest nicken Basti und Co.

Flo kommt statt Leo ins Spiel und soll im Mittelfeld für Ordnung sorgen. Junior lässt sich weiter zurückfallen und versorgt den pfeilschnellen Basti mit langen Bällen, damit er zu Konterchancen kommt.

„Los, Leute! Jeder gibt sein Bestes und noch ein bisschen mehr“, meint Krümel, als das Team wieder zurück auf das Spielfeld geht.

„Und du auch, Wuchteltiger“, sagt Leo. „Du bist unser Glücksbringer. Also, streng dich an!“

Mit dem Anpfiff startet die Schweizer Angriffswelle. Junior flitzt von einer Seite zur anderen, Florian hilft immer wieder hinten aus und Fabian kommt beinahe nicht mehr aus der eigenen Hälfte. Nur Basti steht mutterseelenalleine in der Nähe des gegnerischen Strafraumes und hofft auf eine weite Vorlage, die er in das Gehäuse bomben kann.

Die letzten zwei Minuten brechen an. Die Fans peitschen die Wuchteltreter unermüdlich nach vorne.

Endlich! Da kommt er, der ideale Pass aus der Tiefe.

Basti wittert seine große Chance und sprintet dem Ball entgegen. „Lauf!“, schreit Marcel von hinten mit letzter Kraft. Und das tut Basti auch. Er lässt einen Schweizer nach dem anderen aussteigen. Leo würgt auf der Ersatzbank den Wuchteltiger. „Bitte, bitte, bitte!“, ruft sie.

Basti schaut sich um. Weit und breit niemand aus seinem Team. Fabian läuft in seine Richtung, aber leider auch zwei Schweizer. Es hilft alles nichts. Basti zieht ab und schießt direkt auf das Kreuzeck.

Die Fans schwenken die Fahnen, die Wuchteltreter halten den Atem an und Leo hat das Maskottchen fast schon plattgedrückt.

Der Schweizer Tormann reagiert blitzschnell, macht sich lang, gaaaaanz lang. Der Ball dreht sich gefährlich. Der Goalie ist gerade noch mit den Fingerspitzen dran und schafft es, die Gefahr abzuwehren. Nur um Millimeter geht die Kugel an der Torstange vorbei. Das darf doch nicht wahr sein!

## Die Wuchteltreter spielen groß auf

Nach dem 0:0 gegen die Schweiz ist bei den Wuchteltretern Frust angesagt.

Sie seien zu nervös gewesen, meinen Marios Kicker. Zu viele Eigenfehler hätten sie gemacht, zu wenige Torchancen erspielt und sich viel zu leicht ablenken lassen. Außerdem wären sie mehr mit Verteidigen als mit Stürmen beschäftigt gewesen.

„Das Glück war nicht auf unserer Seite“, erklärt der Trainer. Doch das lassen die Spieler nicht gelten.

„Dem Wuchteltiger kann man überhaupt gar keinen Vorwurf machen“, widerspricht Leo empört.

„Genau! Ohne ihn hätten wir garantiert verloren“, stimmt Fabian ihr zu.

„Haushoch verloren“, setzt Junior noch eines drauf.

„Wolkenkratzerhoch“, übertrumpft ihn Basti.

Die Wuchteltreter sind sich einig, dass sie ohne ihr Maskottchen nicht den Funken einer Chance gehabt hätten. Und einig sind sie sich auch, dass im nächsten Spiel alles anders laufen muss.

Mit neuem Selbstvertrauen geht es in das Match gegen

Australien. Der Tiger bekommt nun einen Ehrenplatz in Krümels Tor, damit er und natürlich das Glück noch näher bei den Wuchteltretern sind.
Diesmal holt Marios Team ein klares 2:0 und damit drei wichtige Punkte. Die Abwehr steht fest, das Mittelfeld verteilt die Bälle sicher und überlegt und die Stürmer spielen eine Torchance nach der anderen heraus. Basti und Verteidiger Marcel treffen für ihre Mannschaft, die Fans sind begeistert.
Auch gegen die USA zeigen die Wuchteltreter, was sie können. Der Gegner geht schon nach drei Minuten völlig überraschend nach einem schweren Abwehrfehler in Führung. Doch Marios Team gibt nach dieser kurzen Schrecksekunde alles und kämpft. Vier Minuten vor Abpfiff erlöst Basti die Fans und bringt den Ball nach einem kurzen Gestocher vor dem Tor doch noch über die Linie. Jetzt sind nur noch Sekunden zu spielen. Foul an Junior, der sich gerade den Ball erkämpft hat und losstürmt. Sofort entscheidet der Schiedsrichter auf Freistoß. Was für eine Chance! Standardsituationen hat Mario mit den Wuchteltretern besonders oft trainiert. Ein kleines, für die Gegner

unauffälliges Zeichen von Basti und Fabian ist klar, welchen Trick sein Mannschaftskollege plant. Genau im richtigen Moment läuft Fabian los und steht perfekt, als der Ball angesegelt kommt.
Er schraubt sich hoch und netzt ein.
Jetzt sind die Fans nicht mehr zu halten. Sie feiern ihr Team, als hätte es bereits die Weltmeisterschaft gewonnen.
„Danke, Tiger!“, haucht Leo und drückt dem Maskottchen ein dickes Bussi auf die Wange. Flo wirft den Glücksbringer jubelnd durch die Luft. Drei Überschläge macht der Tiger, ehe er bei Junior landet und in seiner Sporttasche verschwindet. Denn Zeit zum Feiern bleibt jetzt nicht.
Mit einem Unentschieden und zwei Siegen steigen die Wuchteltreter als Gruppenzweite in das Achtelfinale auf. Dort werden sie auf die Niederlande treffen.

„Die Holländer haben zwei richtig große Stürmer“, schärft Mario seinen Kickern kurz vor dem Match ein. „Die anderen werden versuchen, sie mit hohen Bällen zu versorgen. Ihr macht also die Räume eng.

Lasst ihnen nicht zu viel Platz. Marcel, du kümmerst dich um Rafael van der Flank, Junior übernimmt Arjen Stoppel!"
„Und ich?", fragt Michael nach.
„Du bist unser letzter Mann. Wer an dir vorbeikommt, hat freie Schussbahn auf das Tor", warnt ihn Mario.
„Alles logo", erklärt Michael und verspricht, wie eine Mauer vor dem Tor zu stehen und niemanden auch nur in die Nähe zu lassen.
„Robin van Penalty ist der Rekordtorschütze der Niederländer", fährt Mario fort. Fabian nickt. Er wird den pfeilschnellen Stürmer nicht aus den Augen lassen. „Van Eggball spielt in der Abwehr. Aber er geht immer wieder mit nach vorne und fehlt dann in der Verteidigung."
Die große Chance der Wuchteltreter sind also Konterangriffe. Ein hoher, weiter Ball nach vorne, Verteidiger van der Faul ausspielen und Goalie Edwin van der Einnetz überlisten.
„Klingt ja ganz einfach", überlegt Leo.
Klingt es vielleicht, ist es aber nicht.
In der ersten Halbzeit spielen die Niederländer Marios

Team an die Wand. Krümel läuft im Tor zur Höchstform auf. „Gut, dass du da bist“, flüstert er dem Wuchteltiger in einer kurzen Verschnaufpause zu.
Auch die zweite Halbzeit beginnen die Holländer stürmisch. Nach einem erfolglosen Solo von Basti geht van Eggball mit nach vorne, um den Angriff der Niederländer einzuleiten. Er passt quer auf van der Flank. Junior sprintet dazwischen, sichert sich den Ball und schaut kurz auf. Mit einem weiten Schuss schickt er Basti in den freien Raum. Der übernimmt mit der Brust, trickst van der Faul aus

und lässt auch Tormann van der Einnetz keine Chance.

Tor!

Danach verstärken die Wuchteltreter die Verteidigung. Leo kommt statt Basti ins Spiel und obwohl die Gegner immer wieder nach vorne stürmen, gelingt ihnen kein Tor.

„Wir sind halt einer mehr!“, grinst Flo nach dem Spiel und packt den Wuchteltiger ein.

Da ist die Fußballwelt für Marios Team noch in Ordnung. Doch schon im Viertelfinale gegen Mitfavorit Argentinien wird einer der Wuchteltreter fehlen.

## Glück gesucht – DRINGEND!

Bestens vorbereitet und mit viel Selbstbewusstsein gehen Marios Kicker in das Match gegen Argentinien.
„Flo, den Wuchteltiger bitte!“, sagt Krümel und streckt seinem Mannschaftskollegen die Hand entgegen.
„Den hat Junior!“, meint Flo.
„Ich? Wieso ich?“, fragt Junior erstaunt.
„Ich hab dir doch die Tasche gegeben, weil mich meine Eltern abgeholt haben! Und da war der Wuchteltiger drin!“, weiß Florian noch.
Doch das streitet Junior entschieden ab.
„Die Tasche hast du mir gegeben!“, überlegt Fabian. „Ich habe sie in den Bus mitgenommen, aber nicht mehr abgeholt.“
„Das war ich!“, erinnert sich Michael ganz genau. „Ich habe alle Taschen mitgenommen, die übrig geblieben sind!“
„Ja, und weiter???“, drängen ihn die Wuchteltreter.
„Ich habe die Tasche in der Empfangshalle vom Hotel abgestellt und dem Basti gesagt, dass er sie bitte mit ins Zimmer nehmen soll!“

Alle Köpfe drehen sich zu Basti. „Und, hast du das gemacht?“
„Was?“
„Flos Tasche mitgenommen!“
„Nö! Ich bin ja kein Kofferträger!“, erklärt er entrüstet.
„Das darf nicht wahr sein!“, zischt Fabian.
„Okay, immer mit der Ruhe! Die Tasche ist ja da“, stellt Mario fest. „Dann kann der Wuchteltiger nicht weit sein.“
Flo reißt die Tasche auf und durchsucht sämtliche Fächer. Er dreht sie sogar um und schüttelt sie kräftig. Heraus fallen aber nur eine schmutzige Socke und ein angebissener Müsliriegel. „Nichts!“, ist Florian verzweifelt.
„Da fällt mir etwas ein“, platzt es plötzlich aus Michael heraus. „Der Reißverschluss war offen. Garantiert und hundert pro!“
Entsetzt schauen die Wuchteltreter einander an. Allen ist klar, was das heißt! Der Wuchteltiger wurde gestohlen.
„Er wird schon wieder auftauchen“, versucht Mario sein Team noch einmal zu beruhigen. „Wir müssen jetzt raus!“

„Auf gar keinen Fall!“, widerspricht Leo. „Ohne den Tiger spiele ich nicht!“ Bockig verschränkt sie die Arme vor der Brust.

Flo nickt zustimmend. „Ohne ihn haben wir keine Chance.“

Auch Fabian und Marcel stellen sich neben ihre Freunde.

„Wollt ihr euch wirklich diese Chance entgehen lassen?“, fragt Mario. „Ihr könnt Geschichte schreiben und in das Halbfinale einziehen. Wollt ihr das alles aufgeben, weil ihr euer Maskottchen nicht findet?“

„Ja … also, nein! Es ist nur so … ohne Wuchteltiger können wir nicht gewinnen“, spricht Fabian für seine Mannschaft.

„Könnt ihr schon“, entgegnet Mario. „Zum Fußball gehört schon auch Glück, da habt ihr ja Recht. Aber nur weil man einen Glücksbringer hat, gewinnt man kein Spiel. Man muss arbeiten, sein Bestes geben und Spaß haben. Dann kommt das Glück von ganz allein.“

„Ich spiele“, sagt Krümel. „Ich gehe ja auch nicht nur mit einem Glücksbringer zur Schularbeit und lerne nix.“

„Genau! Ein bisschen muss man schon selbst dazu beitragen!“, lacht Mario.

Das überzeugt auch die anderen Wuchteltreter. Einer nach dem anderen zieht sich die Fußballschuhe an.

„Aber nur unter Protest“, stellt Leo klar. „Und wenn wir verlieren, können wir nix dafür.“

Im Spiel gegen Argentinien machen Marios Kicker ungewöhnlich viele Fehler. Nichts, aber auch gar nichts scheint zu funktionieren. Die Gegner spielen die Wuchteltreter nach Belieben aus.

„Wir haben es dir ja gleich gesagt“, ruft Leo Mario zu, als sie wieder einen Zweikampf verliert.

Da ist es auch schon passiert! Superstar Messianaldo bekommt die ideale Vorlage, läuft los und schießt wuchtig ins Tor. Jubelnd fallen ihm seine Mannschaftskollegen um den Hals.

„Abseits!“, entscheidet der Schiedsrichter.

Danach sind Torchancen auf beiden Seiten Mangelware. Anscheinend haben auch die Argentinier nicht ihren besten Tag erwischt. Die wenigen Schüsse auf das Tor gehen allesamt daneben, manchmal nur um ein paar Zentimeter.

Endlich kommt der ersehnte Schlusspfiff.

Elfmeterschießen!

Mario holt sein Team zusammen. „Wer schießt?“, fragt er.

Bastis Hand schnellt nach oben. „Zählen Elfertore? Also, ich meine für den Goldenen Schuh.“

„Logisch", bestätigt der Trainer.
„Dann würde ich gern dreimal schießen", schlägt Basti vor. Das kann Mario aber natürlich nicht gelten lassen. Er schaut die anderen auffordernd an. „Wer schießt noch?"
„Ohne Wuchteltiger lieber nicht", meint Leo.
Auch Michael winkt ab. „Ich hab letztes Mal verschossen! Und dann noch ohne den Tiger …"
„Von mir aus", opfert sich Krümel.
„Ich bin auch dabei", sagt Junior.
„Und ich als Kapitän sowieso", meldet sich Fabian.
„Los, Marcel! Einen brauchen wir noch", drängt Krümel den Verteidiger.
Der schaut ihn zweifelnd an.
„Elfmeterschießen ist immer Glückssache! Das hat sogar Mario gesagt", erinnert ihn Marcel. „Ohne Wuchteltiger … also, ich weiß nicht."
Flo gibt sich einen Ruck und zeigt auf. „Ich schieße!"

## Die gemeine Stofftier-Entführung

Auch ohne ihr Maskottchen verwandeln die ersten vier Wuchteltreter ihre Elfmeter. Die Argentinier legen nach. Dann ist Basti dran.

„Denk an den Goldenen Schuh“, flüstert ihm Fabian noch schnell zu.

Das braucht man Basti nicht zweimal zu sagen. Entschlossen läuft er an und knallt den Ball direkt unter die Latte. Jubelnd dreht der Stürmer ab und lässt sich von seinen Fans feiern.

Krümel geht ins Tor. Bisher hat er keinen Elfer halten können und jetzt ist ausgerechnet Superstar Messianaldo an der Reihe.

Konzentriert starrt er auf den Ball, den der Argentinier sich zurechtlegt.

„Denk einfach nicht dran, dass der Wuchteltiger nicht da ist“, schreit Leo über den Platz.

Messianaldo läuft an. Krümel geht leicht in die Knie. Er weiß, dass die Schüsse des kleinen Stürmers unberechenbar und brandgefährlich sind.

Messianaldo zieht voll ab. Rasend schnell fliegt der

Ball Richtung Tor. Krümel wirft sich in das linke Eck und streckt die Arme so weit er kann. Oh nein, es ist das falsche Eck. Die Kugel dreht sich unaufhaltsam weiter und geht hauchdünn am Außenpfosten vorbei. Das ist der Sieg für die Wuchteltreter und der unerwartete Aufstieg in das Halbfinale.

„Dass wir das ohne den Tiger packen, hätte ich mir nie gedacht“, wundert sich Flo wenig später, als Marios Kicker schon längst wieder im Hotel sind.

„Wir hatten vielleicht noch ein bisschen Restglück übrig“, meint Krümel zufrieden.

„Nein!“, widerspricht Leo. „Die anderen hatten noch mehr Pech als wir. Und ohne den Wuchteltiger spiele ich sicher nicht mehr, das ist klar, beschlossen, fix und steht fest!“

„Jetzt zick nicht rum! Bald ist Halbfinale, uns muss etwas einfallen“, sagt Basti.

„Kann deine Mama einen neuen Tiger nähen?“, fragt Fabian.

„Bis zum Halbfinale nicht“, antwortet Flo.

„Wie wäre es, wenn wir uns ein neues Maskottchen suchen?“, überlegt Michael.

„Ich könnte für das Halbfinale meinen Teddybär anbieten“, schlägt Junior vor.

Die Wuchteltreter schauen ihn erstaunt an.

„Was ist mit euch? Es ist ein Hip-Hop-Bär mit Sonnenbrille“, stellt Junior klar.

„Michael und ich haben zwei Kuschelkühe“, meint Marcel.

„Von mir können wir einen Stoffhund nehmen.“

„Und von mir einen Dinosaurier.“

„Knuddelhase“, meldet sich Fabian.

„Ja, und ich hätte …“, beginnt Leo.

Doch Basti fällt ihr ins Wort: „Sag bloß nicht Barbies!“

„Blödmann!“, zischt Leo. „Ein Schaf habe ich. Ein Superschaf. Und du, Basti?“

Die Wuchteltreter schauen ihn erwartungsvoll an.

„Ja, okay! Ich kann einen Hund anbieten“, gibt Basti seufzend zu.

„Wie süüüüüß“, flötet Leo.

„Quatsch! Es ist ein cooler Polizeihund auf Verbrecherjagd.“

„Mit so vielen Stofftieren in meinem Tor sind wir sicher unschlagbar“, grinst Krümel.

„Ich weiß, was wir machen", ruft Fabian plötzlich. „Der Tiger wurde doch eindeutig gestohlen. Bestimmt war es eine der anderen Mannschaften!"

Das leuchtet auch den anderen ein. Es muss ein Team aus dem Halbfinale sein, das um jeden Preis verhindern will, dass die Wuchteltreter gewinnen.

„Also handelt es sich hier klarerweise um eine Stofftier-Entführung", fasst Fabian zusammen. „Vielleicht ist unser Tiger in einer der Kabinen?"

Er teilt die Wuchteltreter in Gruppen auf. Krümel, Marcel und Michael sollen die Kabine der Deutschen untersuchen, Flo und Junior die der Spanier. Beide Kabinen sind im Keller des Hotels. Die schwierigste Aufgabe haben Leo und Basti. Sie sollen sich die Kabine der Franzosen in den Katakomben unter dem Stadion vornehmen.

„Es ist kurz nach 22 Uhr. Wuchteltreter, die Mission ‚Glück zurück' startet genau JETZT!", ruft Fabian und schon schwärmen die Gruppen aus.

## Mission „Glück zurück!“

„Pst!“, mahnt Basti und leuchtet mit einer Taschenlampe auf eine Tür. „Da vorne ist die Kabine der Franzosen.“
„Und wie sollen wir da reinkommen?“, flüstert Leo zurück.
„Bleib dicht bei mir“, sagt Basti.
Das befolgt die Mittelfeldspielerin nur zu gerne. Sie drängt sich ganz eng an Basti. An die Wand gedrückt schleichen die beiden Wuchteltreter weiter. Hoffentlich ist niemand mehr da. Hoffentlich erwischt sie niemand. Plötzlich hallen Schritte durch die Katakomben. Jemand pfeift. Die Schritte kommen immer näher und näher. Leo krallt sich an Bastis Oberarm fest. Der Stürmer schaltet die Taschenlampe aus und presst seinen Körper an die Wand. Leo wagt kaum zu atmen. Das Pfeifen wird lauter, die Schritte auch. Oh nein! Jemand kommt genau auf sie zu.
„Pst!“, macht Basti noch einmal. Er spürt, wie Leo zittert. Jetzt nur kein Geräusch machen.
Eine Tür geht auf und gleich darauf wieder zu.
Stille.

Leo seufzt erleichtert auf. Basti greift nach ihrer Hand und zieht das Mädchen mit sich.
„Und wie kommen wir da jetzt rein?“, wiederholt Leo ihre Frage.
„Ich habe Marios Schlüssel …!“
„Gestohlen?“, platzt es aus Leo heraus.
„Nein! Nur ausgeborgt“, widerspricht Basti. „Und jetzt pst!“
Er leuchtet direkt auf das Schlüsselloch, dreht den Schlüssel herum und öffnet die Tür.
„Wir müssen schnell sein!“
Im Schein der Taschenlampe suchen die beiden Wuchteltreter nach dem gestohlenen Tiger. Sie schauen unter den Bänken nach, in den Spinden, im Geräteschrank und sogar in den Ballnetzen.
„Igitt, Stinkesocken“, stöhnt Leo, als sie den Sack mit der Schmutzwäsche durchwühlt.
Plötzlich zuckt Basti zusammen. „Das war die Tür“, flüstert er erschrocken.
„Mensch, Basti, was machen wir denn jetzt?“
Basti legt seinen Zeigefinger auf die Lippen. Dann gibt er Leo einen Schubs. Die Kickerin landet im

Geräteschrank. Gerade noch kann sich auch Basti hineinquetschen und die Tür zumachen. Genau in dem Moment geht die Tür zur Kabine auf.
„Hallo? Ist da jemand?“, fragt eine tiefe Stimme. Das Licht geht an.
Leo und Basti halten den Atem an. Leo greift nach der Hand des Stürmers und hält sie ganz fest.
Ein Handy klingelt. „Ja!“, sagt der Mann und setzt sich auf eine Bank.
Auch das noch! Aneinandergedrückt hocken die Wuchteltreter in dem Schrank. Basti muss seinen Kopf einziehen, Leos Fuß klemmt zwischen Bastis Hintern und der Schrankwand. Ihr Knie rammt Bastis Nase, sein Ohr kitzelt Leos Unterarm.
„In Ordnung … ja … sowieso … von mir aus…“, sagt der Mann ab und zu.
Dann endlich, endlich legt er auf. Noch einmal sieht der Mann sich um und murmelt etwas das so klingt wie „Hab mich wohl geirrt!“.
Das Licht geht aus und die Tür fällt wieder ins Schloss.
Kurz warten die Kinder noch, dann öffnet Basti den Schrank.

„Ich glaube, er ist weg“, flüstert er erleichtert.

Leo schält sich aus dem Schrank. Dabei verpasst sie Bastis Nase noch einmal einen ordentlichen Stoß.

„Kannst du bitte deinen Haxen aus meinem Gesicht nehmen?“, brummt er.

„Du stehst auf meinen Schuhbändern“, protestiert Leo. Basti schiebt seinen Fuß etwas zur Seite. Als er aufsteht, stößt er mit dem Kopf gegen ein Regal. Das Fach fällt scheppernd zu Boden.

„Lass uns verschwinden! Der Wuchteltiger ist nicht hier!“

So schnell sie können, laufen die beiden zurück zum Hotel.

„Du, Basti“, stoppt ihn Leo kurz vor dem Eingang.

„Beim Training … du weißt schon … du hast damals gesagt … also, dass ich … dass du mich …“, stammelt sie. „Was wolltest du mir eigentlich sagen?“

Basti stockt. Verlegen schaut er zu Boden.

„Also … irgendwie … irgendwie … finde ich dich gut“, stottert der sonst so coole Stürmer. „Also, für ein Mädchen halt!“

Leo strahlt den Wuchteltreter an. „Und was machen wir jetzt?“, will sie wissen.

Basti greift nach Leos Hand. „Hoffen, dass die anderen Gruppen mehr Glück hatten als wir.“

## Tag der Entscheidung

Aber auch die anderen Kicker haben schlechte Nachrichten. Nirgendwo gibt es eine winzige Spur von dem Wuchteltiger.

„Lasst uns schlafen gehen“, schlägt Krümel vor. „Morgen nehmen wir uns in aller Früh die Verdächtigen vor!“

Beim Frühstück ist Mario der Einzige, der gut gelaunt ist. Fabian rührt in seinem Kakao und stützt mit der anderen Hand seinen Kopf. Michael beißt in seine Buttersemmel und schläft beim Kauen ein.

„Man könnte meinen, ihr wart die halbe Nacht unterwegs“, lacht Mario und ahnt gar nicht, wie Recht er damit hat.

Kurzerhand verordnet er seinen Wuchteltretern ein Vormittagsschläfchen, damit sie fit für das Spiel gegen den Titelverteidiger Spanien sind.

„Entschuldigen Sie bitte“, hält eine junge Dame den Trainer auf. „Gehört der vielleicht Ihrer Mannschaft?“ Sie hält Mario ein Stofftier unter die Nase. Aber es ist nicht irgendein Stofftier. Es ist der Wuchteltiger.

„Es tut mir schrecklich leid“, entschuldigt sich die junge Frau und zeigt auf den kleinen Buben, der neben ihr steht. „Mein Sohn hat ihn gestern in einer Sporttasche gefunden. Und weil er ihm so gut gefallen hat, hat er ihn einfach mitgenommen. Er ist erst vier …“

Mit einem Schlag sind die Wuchteltreter hellwach. Ihr Maskottchen, ihr Tiger ist wieder da!

„Schon in Ordnung“, sagt Mario. „Danke, dass sie ihn zurückbringen. Er ist sehr wichtig für unser Team.“

„Das dachte ich mir“, sagt die junge Frau lachend. „Ihr Tiger ist ein echter Glücksbringer. Sie können sich gar nicht vorstellen, was gestern bei uns los war. Mein Großer hat einen Einser bei der Matheschularbeit und der Tigerdieb hat seine Kuscheldecke wiedergefunden. Die haben wir seit drei Wochen schon überall gesucht.“

„Na, was habe ich dir gesagt“, grinst Leo ihren Trainer an.

„Dann kann ja gegen Spanien nichts mehr schiefgehen“, glaubt Mario und die Wuchteltreter jubeln.

Wenig später laufen sie gegen die spanische Mannschaft auf. Der Wuchteltiger sitzt wie gewohnt im Tor und

Marios Kicker spielen auf, dass es eine wahre Freude ist. Die meisten Pässe kommen an, die Wuchteltreter machen die Räume eng und versuchen, die Spanier beim Spielaufbau zu stören. Vor allem das bei jedem Gegner gefürchtete Tiki Taka, das gefährliche Kurzpassspiel, wollen Marios Kicker verhindern.

Sie arbeiten sich sogar Torchancen gegen die bärenstarken Verteidiger Sergio Rambos Fallas und Alvaro Reinlasses heraus und haben den quirligen Mittelfeldspieler Andres Ballestra einigermaßen gut unter Kontrolle. Krümel entschärft die zahlreichen Torschüsse von Fernando Bombares und David Torra. Völlig erschöpft gehen die Wuchteltreter mit einem 0:0 in die Pause.

„Die spielen uns schwindlig", stöhnt Junior.

„Ich bin auch fix und foxi", schnauft Fabian. „Die lassen den Ball laufen und wir japsen hinterher."

„Ihr haltet aber ziemlich gut mit", ist Mario stolz auf sein Team. „Immerhin haben die Spanier die letzte WM und die letzte EM gewonnen. Das ist kein Schulhofkick, sondern ganz großer Fußball."

Das ist den Wuchteltretern natürlich klar. Voll konzentriert starten sie in die zweite Halbzeit. Die Spanier scheinen überhaupt nicht müde zu sein. Marios Mannschaft hält tapfer dagegen.

Basti wird frecher und stört immer wieder das spanische Tiki Taka, indem er direkt auf den Ball geht.

Da! Fehlpass! Reinlasses schießt zu schwach, Basti

steht richtig und ist vor Bombares, der noch rasch lossprintet, am Ball. Der Stürmer der Wuchteltreter täuscht links an, geht rechts an Bombares vorbei und flankt zu Fabian, der sich schön freigelaufen hat. Fabian lässt den Ball kurz abprallen, Flo übernimmt und lässt Verteidiger Rambos Fallas mit einem geschickten Haken aussteigen.

Tormann Iker Goalas kommt weit heraus, versucht den Winkel eng zu machen.

Da stürmt Junior nach vorne. Flo spielt ab und Junior trifft den Ball aus vollem Lauf.

Goalas hat keine Chance. Obwohl er sich streckt, geht die Kugel um Millimeter an ihm vorbei. Der Ball zischt Richtung Tor, Junior reißt schon die Arme in die Höhe. Da wirft sich Ballestras in die Flugbahn und kickt den Ball irgendwie hinter die Toroutlinie.

Eckball für die Wuchteltreter. Marcel und Michael, die beiden langen Verteidiger, kommen nach vorne. Junior gibt den Ball schön herein, Marcel und Basti springen beide hoch. Mit einem gigantischen Satz hechtet Goalas dazwischen und boxt das runde Leder aus der Gefahrenzone. Ballestras kommt mit viel Glück an den

Ball und legt ein Traumsolo hin. Er überspielt Fabian und Flo.

„Zurück!“, schreit Krümel. „Zurück! Zurück!!!“

Marcel und Michael fehlen jetzt in der Verteidigung der Wuchteltreter. Ballestras läuft direkt auf Krümel zu, Bombares rückt gefährlich nach. Ballestras legt sich den Ball zu weit vor. Eine Sekunde zögert Krümel. Dann rennt er los, so schnell er kann.

Da taucht plötzlich David Torra auf, übernimmt den Ball, überspielt Krümel.

Fabian versucht, den schnellen Torra einzuholen. Ganz

dicht ist er ihm auf den Fersen. Krümel läuft zurück zum Tor. Zu spät! Torra trifft! Der Schuss ist so wuchtig, dass der Wuchteltiger in Krümels Tor umfällt.

„Der hat unseren Wuchteltiger k.o. geschossen", beschwert sich Leo auf der Ersatzbank.

Während die spanischen Fans ihre Mannschaft schon feiern, bleiben den Wuchteltretern nur mehr zehn Minuten, um den Ausgleich zu schaffen.

Marios Team wirft alles nach vorne.

Doch die Spanier entschärfen jeden auch noch so gefährlichen Angriff.

Der Schiedsrichter pfeift ab. Der Traum vom Finale ist geplatzt!

Die Fans jubeln den Wuchteltretern trotzdem zu.

„Ihr habt großartig gekämpft“, lobt Mario seine Spieler. „Und das gegen eine der allerbesten Mannschaften der Welt. Ihr könnt wirklich stolz auf euch sein!“

„Aber wir haben verloren …“, ist Basti ziemlich geknickt.

„Der Wuchteltiger kann nix dafür!“, stellt Leo sicherheitshalber klar.

Mario lacht. „Das ist ja das, was ich euch die ganze Zeit sagen will. Ein Glücksbringer kann kein Spiel entscheiden. Das müsst schon ihr machen. Und, Basti, man kann nicht immer gewinnen, das ist dir doch klar, oder?“

Basti nickt. „Ja, schon …“, zögert er.

„Nicht einmal Messianaldo hat alles gewonnen“, erklärt Mario. „Ich habe auch verloren.“

„Du?“, fragen die Wuchteltreter.

„Klar!“, gibt der Trainer zu.

„Entschuldigung bitte“, unterbricht sie plötzlich jemand. Es ist Andres Ballestra, der Mittelfeldspieler der Spanier. „Wir wollten euch gratulieren. Ihr habt super gespielt und es war wirklich kein einfaches Match für uns. Große Leistung! Magnifico!“

„Danke“, bringt Kapitän Fabian gerade noch heraus.

„Wahnsinn! Unpackbar!“, kann Basti es gar nicht glauben.

„Ich habe es euch doch gesagt“, meint Mario. „Ihr habt ein tolles Turnier gespielt. Gut, ihr seid nicht im Finale, aber ihr gehört zu den besten vier Mannschaften der ganzen Welt.“

„Und mit dem Wuchteltiger als Unterstützung haben wir noch viele, viele Spiele vor uns“, erklärt Leo und knuddelt das Maskottchen.

„Die wir übrigens alle gewinnen können“, fügt Basti hinzu.

„Genau!“, jubeln die Wuchteltreter. „Nach dem Spiel ist VOR dem Spiel!“

# MAGAZINTEIL

von und mit

**Mario Haas**

# Fußballweltmeisterschaft

Alle 4 Jahre veranstaltet der Weltfußballverband FIFA die Fußballweltmeisterschaft (offizieller Name: FIFA World Cup). Die Weltmeisterschaft ist ein Fußballturnier für die Nationalmannschaften der Welt, der Turniersieger ist Fußballweltmeister.

1930 fand die erste Fußball-WM statt. Uruguay wurde als Veranstaltungsland ausgewählt, doch für die Teams aus Europa bedeutete das eine lange und teure Schiffsreise. Obwohl Uruguay die Anreise und die Unterkunft bezahlte, verzichteten viele Länder wie zum Beispiel Deutschland auf eine Teilnahme. Die Spieler wären zu lange unterwegs gewesen und hätten nicht arbeiten können.

Wegen des Zweiten Weltkrieges fielen die Weltmeisterschaften 1942 und 1946 aus. Seit 1950 ist die Fußball-WM das größte Mannschaftssportereignis der Welt. Die WM 2010 in Südafrika verfolgten 26 Milliarden Menschen auf der ganzen Welt.

Die Fußball-WM der Frauen findet seit 1991 alle vier Jahre und immer ein Jahr nach der WM der Männer statt.

Die Sieger des Turniers bekommen nicht nur den Titel „Weltmeister" verliehen, sondern natürlich auch eine Trophäe. Diese war eigentlich ein Wanderpokal. Aber nachdem die brasilianische Nationalmannschaft 1970 die WM zum dritten Mal gewinnen konnte, durfte sie den Pokal, den Coupe Jules-Rimet, behalten. Dieser wurde allerdings 1983 gestohlen und wahrscheinlich eingeschmolzen. Seit 1974 erhält der Turniersieger eine knapp 37 Zentimeter hohe Trophäe. Sie wiegt etwas mehr als sechs Kilogramm und besteht aus 18-karätigem Gold. Behalten darf der Weltmeister den

DEN COUP JULES-RIMET GIBT'S NUR MEHR ALS NACHBILDUNG

Pokal aber nicht. Spätestens bei der Abreise von der WM muss er zurückgegeben werden. Als kleinen Trost gibt es wenigstens eine vergoldete Nachbildung der Trophäe. Die Spieler der Mannschaften auf Platz eins, zwei und drei erhalten außerdem Medaillen aus Gold, Silber und Bronze.

An einer Fußball-WM dürfen 32 Teams teilnehmen. Das Gastgeberland ist automatisch bei der Endrunde dabei, die anderen Nationalmannschaften müssen sich qualifizieren. Wer diese Qualifikation schafft, kämpft mit den besten Mannschaften der Welt um den Titel „Fußball-Weltmeister".

**Am Ende jeder Fußball-WM werden Auszeichnungen vergeben:**

- adidas Goldener Ball für den besten Spieler
- adidas Goldener Schuh für den erfolgreichsten Torschützen
- adidas Goldener Handschuh für den besten Tormann
- Hyundai Bester junger Spieler für den besten Spieler unter 21 Jahren, der zum ersten Mal bei einer WM spielt
- FIFA Fairplay Award für das fairste Team

EIN LANGER WEG VOM ERSTEN WM-ANSTOSS BIS ZUR EINFÜHRUNG DER WELTMEISTERSCHAFT FÜR FRAUEN

# Österreich und die Fußball-WM

**Die österreichische Nationalmannschaft konnte sich bisher siebenmal für Weltmeisterschaften qualifizieren.**

## 1930

Bei der ersten Weltmeisterschaft 1930 verzichtete Österreich auf eine Teilnahme, weil die Reisekosten nach Uruguay zu hoch waren.

1934 – FRANKREICH GEGEN ÖSTERREICH

## 1934

Vier Jahre später zählte Österreich sogar zu den Favoriten. Die Mannschaft war in den Jahren vor der WM als „Wunderteam" bekannt und blieb 12 Spiele hintereinander ungeschlagen. Damals fuhr die Mannschaft gegen zahlreiche europäische Spitzenmannschaften hohe Siege ein. So war es nicht weiter erstaunlich, dass die österreichischen Fans sogar den Titel erwarteten.

Doch bei der WM 1934 in Italien fehlten zahlreiche Stammspieler. Viele spielten nun schon im Ausland und standen der Nationalmannschaft nicht mehr zur Verfügung. Andere fehlten aufgrund von Verletzungen. Aber auch das Geld war knapp. So konnten etwa der Trainer Jimmy Hogan und die Betreuer nicht mitfahren. Vom FC Turin borgten sich die Spieler einen Masseur aus. Trotz dieser Probleme schaffte Österreich es bis ins Halbfinale, wo

TRAINER HOGAN MUSSTE DAHEIM BLEIBEN

man gegen Italien unglücklich 0:1 verlor. In der 18. Minute konnte Tormann Peter Platzer eine Flanke von Raimundo Orsi fangen. Dabei wurde er von zwei Italienern gefoult und im Fallen über die Torlinie gestoßen. Der schwedische Schiedsrichter ließ das Tor für die Gastgeber trotzdem gelten. In der zweiten Hälfte hatte Karl Zischek die ganz große Chance auf den Ausgleich. Er stand bereits alleine vor Tormann Giampiero Combi, doch die Flanke, die für ihn gedacht war, kam nie an. Der Schiedsrichter köpfelte den Ball weg. So schied Österreich aus und durfte „nur" mehr um Platz drei spielen. Dieses Match gewann das Deutsche Reich überraschend mit einem knappen 3:2.

## 1954

Der bisher größte Erfolg gelang aber bei der Weltmeisterschaft 1954 in der Schweiz. Österreich konnte mit zwei Siegen und einem Unentschieden den Gruppensieg holen. Das gelang übrigens ohne einen einzigen Gegentreffer.
Der amtierende Weltmeister Uruguay hatte gleich viele Punkte. Deshalb wurde der Gruppensieg ausgelost – Österreich gewann. Im Viertelfinale traf Österreich auf die Schweiz. Das Match ging als „Hitzeschlacht von Lausanne" in die Geschichte ein. Vielen Spielern machten die Temperaturen um die 40 Grad Celsius ganz schön zu schaffen. Tormann Kurt Schmied zum Beispiel erlitt schon zu Beginn des Spieles einen Sonnenstich und taumelte zwischen den Torpfosten hin und her. Er durfte aber nicht ausgewechselt werden und so gingen die Schweizer mit drei Toren

TORMANN KURT SCHMIED ERLITT EINEN SONNENSTICH IN DER „HITZESCHLACHT VON LAUSANNE"

# Österreich und die Fußball-WM

innerhalb von acht Minuten in Führung. Da stellte sich der österreichische Masseur Josef Ulrich hinter das Tor und dirigierte den Goalie. Außerdem warf er Schmied nasse Schwämme zu, damit sich dieser abkühlen konnte. Zehn Minuten später führte Österreich mit 5:3. Der Endstand von 7:5 bedeutete für Österreich den Aufstieg in das Halbfinale. Ein Rekord ist der Nationalmannschaft somit sicher: Die Hitzeschlacht von Lausanne ist das trefferreichste Spiel aller Fußballweltmeisterschaften.

Der Traum vom Finale gegen den Erzrivalen Ungarn war aber schnell ausgeträumt. Nach einer 1:6-Niederlage gegen die Bundesrepublik Deutschland kam es wieder zu einem Spiel um Platz drei, diesmal gegen den amtierenden Weltmeister Uruguay. Österreich gewann das Spiel mit 3:1 und feierte damit den größten Erfolg in der heimischen Fußballgeschichte.

ÖSTREREICH WURDE DRITTER UND DEUTSCHLAND GEWANN GEGEN DEN TITELFAVORITEN UNGARN. MAN BEACHTE DAS TECHNISCHE GUSTOSTÜCKERL DES UNGARISCHEN SPIELERS AUF DIESER BRIEFMARKE.

WM-BRIEFMARKEN WAREN SCHON IMMER IN!

# 1978

Obwohl Österreich bei der WM 1978 in Argentinien die Zwischenrunde nicht überstand, zählt diese Weltmeisterschaft zu den größten Triumphen unserer Nationalmannschaft. Führte sie die Tabelle nach der Vorrunde noch an, kassierte sie in der Zwischenrunde Niederlagen gegen Italien und die Niederlande. Nun ging es gegen Deutschland, das auf Platz 3 lag, aber noch Chancen auf den Aufstieg und damit das Spiel um Platz 3 hatte. In der 88. Minute erzielte Hans Krankl das legendäre 3:2 für Österreich. Der Jubel war grenzenlos. Es war der erste Sieg gegen Deutschland seit 47 Jahren. Noch heute spricht man vom „Wunder von Córdoba“ oder aus deutscher Sicht von der „Schande von Córdoba“.

# 1998

Das bisher letzte Mal konnte Österreich sich 1998 für eine Weltmeisterschaft qualifizieren. Zwei Unentschieden bedeuteten nur Platz 3 in Gruppe B und das Aus nach der Vorrunde. Mit dabei war damals auch Mario Haas.

# Mario über die WM 1998 in Frankreich

**Bei der WM 1998 in Frankreich war Mario Haas im Kader der österreichischen Nationalmannschaft. Österreich spielte in einer Gruppe mit Chile, Italien und Kamerun. Mario kam in allen drei Matches zum Einsatz. Nach der Vorrunde schied Österreich mit zwei 1:1-Unentschieden und einer 1:2-Niederlage gegen Italien aus. Alle Tore für Österreich fielen in der Nachspielzeit der zweiten Hälfte.**

## MARIO ERINNERT SICH

*Österreich ist ja nicht unbedingt ein Favorit bei großen Turnieren. Habt ihr damals damit gerechnet, euch zu qualifizieren?*
Ehrlich gesagt, nicht. Unsere Gegner in der Qualifikation hießen Schottland, Schweden, Lettland, Estland und Weißrussland. Wir haben nicht wirklich damit gerechnet, eine realistische Chance zu haben. Aber die Quali verlief gut, wir brachten starke Leistungen. Nur gegen Schottland konnten wir nicht gewinnen. Da gab es einmal ein 0:0 und im Rückspiel eine 0:2-Niederlage. In allen anderen Spielen gingen wir als Sieger vom Platz. Damit sicherten wir uns Platz 1 in der Tabelle und den Gruppensieg. Wir durften also bei der Weltmeisterschaft dabei sein. Ein tolles Gefühl!

*Warst du in der Qualifikation eigentlich auch schon im Nationalteam?*
Mein erstes Spiel in der Nationalmannschaft war schon zwei Jahre vor der Weltmeisterschaft. Mein Debut feierte ich gegen die Schweiz. Insgesamt habe ich in meinen 43 Länderspielen sieben Tore geschossen. Bei der Qualifikation war ich aber noch

sehr jung und wurde nicht eingesetzt. Stars wie Toni Polster und Andi Herzog schossen uns damals zur WM. Dank ihrer entscheidenden Tore und ihrer guten Vorarbeit fuhren wir nach Frankreich. Und da kam ich in allen drei Spielen zum Einsatz.

*Wie habt ihr euch auf die WM vorbereitet?*
Die Vorbereitung war intensiv und wir haben früh damit begonnen. Die Weltmeisterschaft begann am 10. Juni. Wir waren schon im Februar 1998 mit dem Team auf Trainingslager in der Nähe von Bordeaux in Frankreich. Nach der Bundesligasaison gab es noch ein dreiwöchiges Trainingslager in Lindabrunn. Bei diesen Trainingslagern hat man anfangs immer 2x täglich Training, also wie auch in der Aufbauzeit vor einer Spielsaison. Außerdem hat man in dieser Zeit zwei Testspiele und man bereitet sich auf die Gegner vor. Man studiert und analysiert Videos von ihren Spielen und es gibt Beobachter, die sich live Spiele anschauen und davon berichten. So kann man sich gut auf die andere Mannschaft einstellen. Im Trainingslager gibt es aber auch Regenerationsphasen, damit der Körper wieder Kraft tanken kann. Eine Woche vor Beginn der WM ist das ganze Team mit den Betreuern nach Frankreich gereist. Das war wichtig, um sich an

Im Spiel gegen Italien
haben wir alles gegeben!

das Klima, die Verhältnisse oder auch das Essen zu gewöhnen. Unser Hotel lag in den Weinbergen in der Nähe von Bordeaux. Von dort fuhren wir zu unseren Trainingseinheiten. Natürlich haben wir dort auch die Tage vor und während der WM verbracht.

*Was war das für ein Gefühl vor zigtausend Menschen aufzulaufen?*
Es war schon ein ganz besonderes Gefühl für mich, ich war damals 22 Jahre alt. In der Bundesliga hatte ich schon einiges erreicht und tolle Erfolge gefeiert. Aber vor so vielen Menschen, bei so einem gigantischen Ereignis und vor allem in so einem riesigen Stadion hatte ich ja zuvor noch nie gespielt. Nervös war ich aber nicht. Die Zuschauermassen und die einzigartige Stimmung in den Stadien waren ein noch größerer Ansporn für mich, meine Leistungen abzurufen und mein Bestes zu geben.

*Wie ist die WM für euch gelaufen?*
Wir haben die WM-Qualifikation ja eher überraschend geschafft. Die Fans hatten es zwar gehofft, aber richtig daran geglaubt hat, denke ich, niemand. Als dann klar war, dass wir nach Frankreich fahren werden, war die Freude natürlich groß. Nicht nur bei uns, sondern klarerweise auch bei den Fans. Weil wir in der Quali so gute Leistungen gezeigt hatten, sind wir auch mit großen Erwartungen in unsere Gruppenspiele gegangen. Gegen Kamerun und Chile haben wir uns gute Chancen ausgerechnet. Und auch Italien ist nicht unschlagbar. Ich war mir sehr sicher, dass wir die Gruppenphase überstehen. Leider kam es dann aber anders und wir mussten nach drei Spielen wieder nach Hause fahren. Schade!

*Wenn du an die WM 1998 denkst, was ist dir besonders in Erinnerung?*
Ganz klar, das Spiel gegen Italien. Wir sind gegen echte Weltstars eingelaufen. Da waren Spieler wie Gianluigi Buffon, Roberto Baggio, Christian Vieri oder auch Alessandro Del

Es war schon ein Riesen-Erlebnis, mit Spielern wie Roberto Baggio auf dem Platz zu stehen.

Piero dabei. Die Crème de la Crème der europäischen Kicker. Ein Moment ist mir aber besonders in Erinnerung. Als wir gerade beim Aufwärmen waren, wurde „I am from Austria“ von Rainhard Fendrich gespielt. Tausende österreichische Fans haben mitgesungen. Das war Gänsehaut pur!

*Hattet ihr bei der WM auch einen Glücksbringer wie die Wuchteltreter?*

Einen Glücksbringer hatten wir nicht. Es kann natürlich schon sein, dass der eine oder andere Spieler etwas mit dabeihatte, das ihm Glück bringt. Aber etwas für die ganze Mannschaft gab es nicht. Naja, vielleicht doch …

Udo Jürgens hat damals extra ein Lied geschrieben. Es hieß „Wunderknaben“ und der Refrain ging so:

***Wir sind die Wunderknaben, die keine Angst vor Wundern haben!***
***Allez, allez! Allez, allez! Freunde, alles ist drin!***

Wir haben damals mit Jürgens gemeinsam gesungen. Die Aufnahmen waren nach nur einer Stunde im Kasten. Das Ganze fand übrigens nur 5 Stunden vor dem Abflug ins Trainingslager nach Bordeaux statt. Beim Singen habe ich mich allerdings vornehm zurückgehalten, ich wollte lieber bei den Spielen groß aufgeigen. Glück hat uns das Lied leider nicht gebracht.

# Glücksbringer

**Viele Menschen haben Glücksbringer für bestimmte Situationen. Für eine Schularbeit, einen wichtigen Geschäftstermin, einen Wettkampf oder auch für die Ziehung der Lotto-Zahlen. Manche Leute tragen ihren Glücksbringer sogar immer bei sich. Gerade zu Silvester verschenken wir gerne Glücksbringer wie Kleeblätter, Hufeisen, Rauchfangkehrer, damit das neue Jahr besonders gut wird.**

Manche Fußballer haben auch Glücksbringer. Das kann ein Geschenk von einem Fan sein, die Rückennummer oder auch ein bestimmtes Ritual, das er vor jedem Spiel durchführt. Einige lassen sich ihr Glückssymbol sogar eintätowieren.

Auch Kleidungsstücke können Glücksbringer sein. Ob Schirmmütze, Stirnband, weißes Hemd, Trenchcoat oder blauer Glückspulli – Hauptsache, man gewinnt.

## O-Mamori

In Japan, wo Mario Haas 2005 und 2006 spielte, sind Glücksbringer besonders beliebt. Nicht nur in Tempeln und Schreinen werden O-Mamori verkauft. Das ist japanisch und bedeutet „Beschützer“, „Schutzzeichen“ oder auch „Talisman“.

O-Mamori sind kleine Beutel aus Stoff oder Seide. Sie sind oft bestickt oder mit einer Aufschrift versehen. Meist steht darauf, was der Glücksbringer bewirken soll, zum Beispiel Gesundheit, glückliche Ehe, Schutz im Straßenverkehr, Liebe, hohes Alter, Erfolg im Beruf und vieles mehr. Natürlich gibt es auch eigene Glücksbringer, die Erfolg bei Sportwettkämpfen garantieren sollen.

In den Säckchen sind wahrscheinlich Papierstreifen, auf denen schützende Schriftzeichen stehen.

Wahrscheinlich! Denn man soll diese Glücksbringer nicht öffnen. Also weiß niemand genau, was in ihnen steckt. Ein O-Mamori soll man immer bei sich tragen. Angeblich verliert es nach einem Jahr beziehungsweise an Neujahr seine Wirkung. Da soll man es verbrennen und sich ein neues kaufen.

## Da haben wir richtig Glück gehabt

Glück braucht man auch beim Fußballspiel, ganz klar. Aber ich glaube, dass es das Glück des Tüchtigen gibt. Also, wenn man hart arbeitet und sich voll reinhängt, dann kommt meistens auch das nötige Glück dazu. Aber einmal hatten wir richtig viel Glück! STURM spielte 2010 im Cupfinale gegen den SC Magna Wiener Neustadt. Unsere Gegner waren die eindeutig bessere und stärkere Mannschaft, das muss ich zugeben. In der ersten Halbzeit hatten sie viele gute Torchancen. Getroffen haben sie allerdings nicht.
Nach Seitenwechsel übernahmen wir mehr und mehr das Kommando, aber die gut gestaffelte Abwehr machte uns das Leben schwer. Von den 28.000 Zuschauern waren 25.000 STURM-Fans. Sie mussten bis zur 81. Spielminute warten, als sie endlich jubeln durften. Ich konnte den Gegner versetzen und passte auf Samir Muratović, der sich im Strafraum freigelaufen hatte. Er flankte den Ball hoch in die Mitte. Klemen Lavrič stand genau richtig und konnte den Ball per Kopf gegen die Laufrichtung des Goalies einnetzen. 1:0 für STURM Graz! Damit holten wir uns zum vierten Mal den Cupsieg!

# Glücksbringer

IRGENDWIE HAT JA DOCH JEDER WAS, DAS IHM GLÜCK BRINGT – VIELLEICHT AUCH EIN TATTOO?

## Mario HAAS

Position: **Sturm**
wichtige Stationen: **SK Sturm Graz, Racing Straßburg, JEF United**

größte Erfolge: 3x österreichischer Fußballmeister (1998, 1999, 2011)
4x österreichischer Cupsieger (1996, 1997, 1999, 2010)
3x österreichischer Supercupsieger (1996, 1998, 1999)
7x Vereinsschützenkönig (1995, 1998, 1999, 2004, 2005, 2008, 2009)
2x japanischer Cupsieger (2005, 2006)
Rekordspieler und Rekordtorschütze des SK Sturm Graz mit 451 Einsätzen und 145 Toren
43 Einsätze im Nationalteam, 7 Tore
Wahl zum „Schönsten Tor des Jahres" 2008/2009
Teilnahme an der Fußball-Weltmeisterschaft 1998

**Das bringt mir Glück:** ***Ich habe mir mein chinesisches Sternzeichen, den Tiger, auf meinen Oberarm tätowieren lassen. Das ist mein persönlicher Glücksbringer!***

Steffen
HOFMANN

Position: **Mittelfeld**
wichtige Stationen: **FC Bayern München, TSV 1860 München, SK Rapid Wien**
größte Erfolge: österreichischer Fußballmeister 2005, 2008 (mit SK Rapid Wien), österreichischer Torschützenkönig 2010, Teilnahme an der Champions League 2005

**Das bringt mir Glück:** ***Ich habe keinen Glücksbringer, weil ich an so etwas nicht glaube. Ich gebe immer mein Bestes und glaube an mich selbst. Dann kommt das Glück von ganz allein.***

Patrick
WOLF

Position: **Mittelfeld**
wichtige Stationen: **FC Gratkorn, SV Ried, FC Kärnten, SK Austria Kärnten, SC Magna Wiener Neustadt, SK Sturm Graz, Kapfenberger SV**
größte Erfolge: österreichischer Fußballmeister 2011 (mit SK Sturm Graz)

**Das bringt mir Glück:** ***Nachdem wir 2011 Fußballmeister geworden sind, habe ich mir den Meisterteller auf den Bauch tätowieren lassen. Ich habe auch noch einen zweiten Glücksbringer: ein Armband, das ich von meiner Frau bekommen habe.***

# Glücksbringer

## Robert ALMER

Position: **Torwart**
wichtige Stationen: **SK Sturm Graz, FK Austria Wien, SV Mattersburg, Fortuna Düsseldorf, FC Energie Cottbus**
größte Erfolge: Bronzemedaille bei der U-19-Europameisterschaft 2003, österreichischer Cupsieger 2009 (mit FK Austria Wien), Stamm-Torwart der österreichischen Nationalmannschaft
**Das bringt mir Glück:** ***Mein Ehering. Ich nehme ihn vor jedem Spiel noch einmal in die Hand und denke an meine Familie. Und ich ziehe mir vor jedem Spiel zuerst den linken Torwarthandschuh und dann den rechten an.***

## Zlatko JUNUZOVIC

Position: **Mittelfeld**
wichtige Stationen: **Grazer AK, SK Austria Kärnten, FK Austria Wien, Werder Bremen**
größte Erfolge: 4. Platz bei der U-20-Weltmeisterschaft 2007, Fußballer des Jahres 2010, Spieler der Saison 2011, seit 2006 Stammspieler in der österreichischen Nationalmannschaft
**Das bringt mir Glück:** ***Ich ziehe meine Fußballschuhe und die Schienbeinschoner immer zuerst am rechten Fuß an.***

Sebastian
PRÖDL

Position: **Innenverteidigung**
wichtige **Stationen: SK Sturm Graz, Werder Bremen**
größte Erfolge: UEFA-Pokal-Finalist 2009, DFB-Pokal-Sieger 2009, DFB-Pokal-Finalist: 2010 (alle mit Werder Bremen), Teilnahme an der U-19-Europameisterschaft 2006 (Halbfinale), Teilnahme an der U-20-Weltmeisterschaft 2007 (4. Platz), Teilnahme an der Europameisterschaft 2008 (Vorrunde), Sieger der Krone-Fußballerwahl 2007, seit 2007 Stammspieler in der österreichischen Nationalmannschaft
**Das bringt mir Glück:** ***Wenn ich mir die Schienbeinschoner und Fußballschuhe anziehe, möchte ich alleine in einem Raum sein. So kann ich mich voll auf meine Aufgabe konzentrieren.***

Roman
KIENAST

Position: **Sturm**
wichtige Stationen: **SK Rapid Wien, Ham-Kam (Norwegen), Sturm Graz, Austria Wien**
größte Erfolge: österreichischer Fußballmeister 2005 (Rapid Wien), 2011 (Sturm Graz), 2013 (Austria Wien), österreichischer Cupsieger 2010 (Sturm Graz), norwegischer Zweitligameister 2007, Teilnahme an der Champions League Gruppenphase 2013/14 (Austria Wien), seit 2007 Einsätze in der österreichischen Nationalmannschaft
**Das bringt mir Glück:** ***Ich betrete das Spielfeld immer zuerst mit dem rechten Fuß.***

# Legendäre Glücksbringer

Einen modischen Glücksbringer besaß **Jens Martin Knudsen**. Der Tormann der Färöer Inseln trug während der Spiele immer eine Zipfelmütze. Er wurde fünfmal färöischer Meister, viermal färöischer Pokalsieger und dreimal Torhüter des Jahres. Hut, vielmehr Zipfelmütze ab! Die Mütze hängt übrigens heute im UEFA-Museum in Nyon (Schweiz).

DIE DÄMMRIGE HAUPTSTADT DER FÄRÖER INSELN

20 Jahre lang spielte der Österreicher **Johann „Buffy" Ettmayer** im In- und Ausland Profifußball. Dabei trug er immer Schuhe, die zwei Nummern zu klein waren. Der Mittelfeldspieler und Publikumsliebling erklärte, dass er so ein besseres Gefühl habe.

DER BEENGTE JOHANN „BUFFY" ETTMAYER

Der Franzose **Laurent Blanc** spielte bei den ganz großen Vereinen wie FC Barcelona, Olympique Marseille, Inter Mailand oder auch Manchester United. Als Verteidiger der französischen Nationalmannschaft hatte er ein besonderes Ritual, um das Glück der Fußballgötter heraufzubeschwören. Vor dem Anpfiff eines Spiels küsste er immer die Glatze von Torhüter Fabien Barthez. Schmatz!

DER KUSSFREUDIGE LAURENT BLANC

**David Beckham** aus England war einer der abergläubischsten Fußballer. Er spielte bei Vereinen immer mit der Rückennummer 23. In der Nationalmannschaft lief er mit der Nummer 7 aufs Feld, weil er diese Rückennummer bereits bei Manchester United getragen hatte. Da ist es kein Wunder, dass Beckhams Tochter Harper Seven (Harper Sieben) heißt.

Ganz schön haarig war **Christoph Metzelders** Glücksbringer. Der Verteidiger ließ sich bei jedem Turnier den Bart so lange wachsen, bis die deutsche Mannschaft ausschied. Erst dann rasierte er sich. Metzelder hat sich vom Profibetrieb zurückgezogen und spielt nun beim FC Haltern, den er auch hin und wieder als Co-Trainer betreut.

Auch der Brasilianer **Sócrates Brasileiro Sampaio de Souza Vieira de Oliveira** war ein erfolgreicher Fußballer. Er glaubte, dass es ihm Glück bringt, wenn er immer als letzter Spieler auf den Platz läuft.

Bei Real Madrid ist **Cristiano Ronaldo** der absolute Star. Auch er hat eine Angewohnheit, die ihm Glück bringen soll. Er zieht sich die Fußballstutzen so weit wie möglich hinauf, sogar über die Knie. Na, wenn es hilft …

AM WICHTIGSTEN IST,
DASS IHR SPASS
BEIM SPIELEN HABT.

Karin Ammerer, Mario Haas
**Basti stürmt los**
14,5 x 20,5 cm, Hardcover
durchg. farbig illustriert von Eric Schopf
**ISBN 978-3-7074-1455-4**

Basti ist im Sturm ein echter Superstar. Denkt er zumindest! Doch beim FC Wuchteltreter sitzt er nur auf der Ersatzbank. Zu wenig Teamgeist, findet Trainer Mario. Schafft es Mario, aus den Kindern ein echtes Team zu bilden? Und wird aus Basti vielleicht doch noch ein Wuchteltreter?

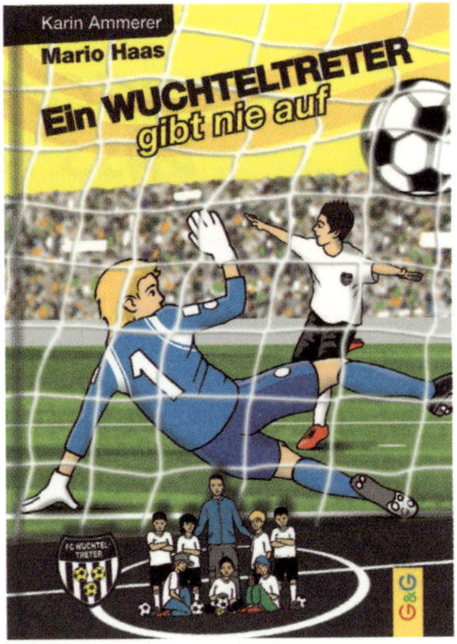


Karin Ammerer, Mario Haas
**Ein Wuchteltreter gibt nicht auf**
14,5 x 20,5 cm, Hardcover
durchg. farbig illustriert von Eric Schopf
**ISBN 978-3-7074-1581-0**

Die Kicker des FC Wuchteltreter spielen um die österreichische Meisterschaft. Alle scheinen glücklich zu sein, aber Junior, der quirlige Mittelfeldmotor, will etwas ganz anderes. Auch sonst gibt es Probleme. Wird die Mannschaft um Trainer Mario zerfallen?

## SEBASTIAN „BASTI" 9 Jahre

Stürmer, Einzelkämpfer,
träumt von einer großen Karriere,
hält nicht viel von Teamgeist ...

### MARCEL & MICHAEL

10 Jahre

Abwehrriegel der Mannschaft; Zwillinge, unterscheiden sich nur durch ein Muttermal auf der Nasenspitze ...

STEHEND GANZ RECHTS UND LINKS AUSSEN AM BILD ...

### LUKAS „KRÜMEL" 9 Jahre

Tormann, groß und schlank, war früher immer der Kleinste in der Klasse. Jetzt überragt er auch 10-Jährige um einen Kopf ...